Fritz Yamato
Schau aufs Meer, Alter

Fritz Yamato

Schau aufs Meer, Alter

Erzählungen vom Strand

Bibliografische Information der Deutschen Nationalbibliothek:
Die Deutsche Nationalbibliothek verzeichnet diese Publikation in der Deutschen Nationalbibliografie; detaillierte bibliografische Daten sind im Internet über http://dnb.dnb.de abrufbar.

Umschlagsbild: Fritz Yamato
Verlag: BoD · Books on Demand GmbH, In de Tarpen 42, 22848 Norderstedt

Druck: Libri Plureos GmbH, Friedensallee 273, 22763 Hamburg

ISBN: 978-3-7597-9709-4

Inhaltsverzeichnis

AM STRAND VON ANTALYA

Hinter dem geraden Strich sieht er nur milchiges, verwaschenes Blau. Kein blue sky Blau mit fluffy clouds wie in seinem KI-Bildgenerator. Und auch kein dickes, fettes Blau wie er es als Kind mit dem Malkasten gemalt hat.

Und es ist auch kein Land am Horizont zu sehen.

Ralf sitzt am Strand von Antalya. Irgendwo dahinten muss doch ein Strich von Zypern zu sehen sein. Ist er aber nicht. Noch weiter hinten liegt dann die Wüste Sinai. Okay, sagt er sich, die Wüste ist flach. Die kann er sowieso schlecht am Horizont erkennen. Etwas anderes wären die Drachenberge.

Die kennt er aus dem Film 2012. Die Rettungs-U-Boote der Menschheit sind damals zu den Drachenbergen gefahren, weil sie die höchsten Erhebungen nach der Flut darstellen sollten. Nicht der Himalaya? Egal. Jedenfalls, wenn am Horizont die Drachenberge liegen würden, dann könnte Ralf etwas Abwechslung hinter der geraden Linie des Meeres erkennen.

Liegt Alicante auf dem gleichen Breitengrad wie die Drachenberge? Ralf hatte vor kurzem einen Fernsehbericht über den Ferienort gesehen. Was kostet eine 14-tägige Pauschalreise nach Alicante? Soll er nachgucken? Ralf verzichtet darauf. Vierzehn Tage all inclusive in Spanien liegen bestimmt nicht in seinem Budgetrahmen. Mit Antalya kommt er da besser zurecht. Also, hier am Horizont ist kein Zypern Land in Sicht. Ist die Erde damit erwiesenermaßen eine Kugel und keine Scheibe?

SCHEIBENKLEISTER

Ralf guckt zu Hause unendlich viele Youtube Videos. Morgens geht er spazieren oder einkaufen. Abends macht er meistens Yoga. Jedem Tierchen sein Pläsierchen. Aber es bleiben ihm halt reichlich unausgefüllte Stunden. Youtube ist sein Ausfüller. Und dort haben einige Menschen behauptet, die Erde müsste eine Scheibe sein, weil der Horizont so gerade ist. In den Beiträgen ist viel von Winkelberechnungen zu lesen. Ralf taucht nicht in die Einzelheiten ein. Mathematik und Physik waren nie seine Stärken. Er ist in der Schule gut mitgekommen. Aber das war es dann auch.

Also, Scheibe oder nicht Scheibe? Ralf fällt die Darstellung der sieben lokas aus der indischen Schöpfungsgeschichte ein. Weil er sich für Yoga interessiert, bietet Youtube ihm immer wieder solche Inhalte an. Das findet Ralf klasse, und wieder auch nicht. Die Maschinen im Hintergrund wissen sehr viel über ihn. Ralf, aha, Rentner, Yoga, Antalya, guckt Blockbuster 2012. Gezielte Informationsangebote erhöhen seine Verweildauer am Bildschirm und seine Zusehzeit bei der Werbung. Bingo, die Kasse klingelt. Manchmal guckt Ralf ein paar Minuten lang Gänseblümchen, die ihn überhaupt nicht interessieren. Aber das kriegt der Computer in der Cloud mit. Gänseblümchen Videos aufgerufen ohne Wiederholungen, das Thema fällt später aus der Vorschlagsliste.

Die sieben lokas. Sieben Welten sollt ihr sein. Sieben Scheiben. Eigentlich aber vierzehn Scheiben. Oben sieben, unten sieben, und unsere Welt hängt dazwischen. Ralf überlegt kurz, ob er auf die Zahl Sieben abschweifen soll. Das lässt er sein. Der Blick auf das blaue Meer mit dem flachen Horizont ist ihm im Moment wichtiger.

Die indische Schöpfungsgeschichte kennt also Welten aus Scheiben. So wie die westlichen Esoteriker oder Spinner oder sonst was es ebenso sehen. Aber bei den Indern sind nur die Welten in Scheibenform dargestellt. Die grahas, die Planeten, wie Ralf es versteht, sind immer rund. Da gibt es offenbar grundlegende Unterschiede in der Weltsicht. Bei unseren Vertretern der Erde-Scheiben-Theorie handelt es sich um den Planeten als Scheibe. Die Inder sehen das differenzierter. Vielleicht haben wir während der Eiszeit irgendwo den Faden verloren zwischen der Scheibenwelt und den Kugelplaneten.

HITZEGEDANKEN BEIM SITTING DOING NOTHING

Kosmologie ist schwierig, und das Meer ist schön blau. Ralf versucht zu genießen. Er hat sich einen Roman mitgebracht über das Meer, aber davon ist er nicht so begeistert. Das Buch liegt wieder oben im Hotelzimmer. Mal gucken, ob was hängengeblieben ist.

Hinten am Horizont ist das Meer blauer als vorne am Ufer. Marineblau. Tolles Wort. Vorne flacht der Boden ab, da kommt halt der Sand zum Vorschein. Warum die Farbe vorn Türkis heißt, weiß er nicht. Er hat es auch noch nie hinterfragt. Damals, als Anna einen neuen Toaster gekauft hat, da hat Ralf nachgeschaut, wer den Toaster erfunden hat. Woher die Bezeichnung Türkis für die Farbe des Meeres am Ufer kommt, das interessiert ihn nicht. Handy raus, Hotel WLAN, Wiki, Türkis Farbe. Nein.

Das andere Thema prickelt ihn mehr, schon einige Zeit. Der Mars hat kein Wasser, oder doch. Die Weltraumbehörden berichten auch, was sie wollen, sagen einige auf ihren Videos. Und wenn ein Stein auf den Fotos vom Mars irgendwie komisch aussieht, geometrisch oder so, dann wurde die Stelle mutmaßlich geblurred. Blurred heißt in der Fotosprache verschwommen oder verschmiert. Marsforschung wird von Steuergeldern finanziert. Bei derartigen Mutmaßungen darf sich die Dienerschaft nicht wundern, wenn der Souverän diverse Spekulationen ins Netz stellt.

Aber es kommt noch besser, und jetzt kommt das Wasser ins Spiel. Ein Forscher soll herausgefunden haben, dass auf dem Nordpol des Planeten Mars eine Atomexplosion stattgefunden habe. Die Druckwellen haben das sich demnach in Südrichtung über den ganzen Marsball ausgebreitet. Und dabei wurde das Wasser aus den Marskanälen und den dortigen Meeren einfach in den Weltraum gewischt. Eventuell auch nach Antalya? Ralf kann manchmal über seine eigenen Witze am meisten lachen. Es ist allerdings auch sehr heiß am Strand. Die Hitze entschuldigt sein Fehlen. Ralf zieht sich unter das Strohdach vom Strandcafé zurück.

Der Strandstuhl an der Bar ist nicht so kommod. Unten im Liegestuhl ist es gemütlicher. Liegen, trinken, Leute gucken. Panem et circenses. Die römischen Machthaber hatten den Bogen zum Machterhalt raus. Im Liegestuhl kann Ralf sich auch einmal hinfläzen. Hinfläzen fördert das Inaktive. In dem geflochtenen Caféstuhl muss er nun aufrecht sitzen.

Backbone. Der Hauptstrang in einem Netzwerk wird so genannt. Das kennt er vom Internet. Backbone ist die englische Bezeichnung für das Rückgrat. Und dieses spielt im Yoga eine wichtige Rolle. Yoga. Schon geht es weiter mit den Gedankengängen am blauen Meer. Im Rückgrat treffen sich alle wichtigen Nervenstränge des Körpers. Die Informationen werden zum Gehirn hinauftransportiert und dort verarbeitet. Der Output geht dann den gleichen Weg wieder abwärts. So funktioniert das System. Das ist wie beim Gartenschlauch. Nicht knicken.

Daher also immer aufrecht sitzen. Obwohl, die Ideen mit der indischen Scheibenwelt kamen auf dem Liegestuhl in Lümmelhaltung zu ihm.

Im Moment ist er gut drauf. Anna sagt nichts zu ihm. Er schaut sich um. Viele Liegestühle am Strand sind heute leer. So ein schönes blaues Meer und so wenige Zuschauer. Vielleicht sind die anderen Hotelgäste auf Ausflügen. Der Pool ist auch proppenvoll. Andere Eindrücke. Die Welt sitzt nicht den ganzen Tag am Meer und denkt dies und das.

Er wartet auf irgendein Bonbon seiner Vorstellungskraft. WuWei. Abwarten und auf sich zukommen lassen. Eine neue Idee. Das ging aber schnell.

Warum soll ein erwünschtes Ereignis schneller stattfinden, wenn man es abwartet? Wenn die Autobatterie im Winter leer ist, dann musst du auch den Wagen anschieben. Ralf hat dieses WuWei nie verstanden. Er versteht es auch heute nicht unter dem Strohdach der Strandbar in Antalya sitzend, aufrecht. 76 Jahre alt und kein bisschen erleuchtet.

Samsara droht. Samsara ist das indische Rad der Wiedergeburt. Dein Körper stirbt. Die Seele sucht sich einen anderen Körper in einer anderen Mama. Du kannst durch ein besseres Leben den nächsten Durchgang optimaler gestalten. Gedankenfetzen ohne Zusammenhang. Vielleicht fällt ihm später noch etwas Besseres ein.

AHOI

La mer. Der endlose Horizont. Keine Bundeswehr-Fregatte in Sicht. Seit einigen Tagen fällt Ralf immer wieder der Schlager mit dem knallroten Gummiboot von Wencke Myhre ein. Das liegt wohl an den Nachrichten. Vor einigen Jahren war Deutschland wohl die drittgrößte Exportmacht oder Industrienation der Welt. Also sehr reich. Leider hatten die Regierungen es möglicherweise versäumt, einen angemessenen Teil des Wohlstandes in die Verteidigung zu investieren. Mutmaßlich. Doch was nützt der ganze Reichtum, wenn er nicht sicher ist? Aufrüstung. Kein Geld. Wencke Myhre. So kommt das zusammen.

WALKING BREIT UND TALL

Herr X (37) ist heute den ersten Tag am Strand. Mit kundigem Blick misst er die Breite des Gehwegs vom Hotel zum Strand ab. Vier Mann breit. Wenn Herr X mit seiner Familie klug nebeneinander geht, dann kann er die Dominanz seiner Gene gegenüber den anderen Strandbesuchern deutlich demonstrieren. Und natürlich walking tall. Mit walking tall spürst du in deinem Ego auch des großen Iches Hauch.

Wie gehen die anderen Strandgäste mit der Gruppe um? Anrempeln wäre eine Option. Ein Wort gibt das andere. Die Fäuste fliegen. Die Polizei kommt. Der Urlaubstag ist hin. Im Strandhotel sind Rempeleien wohl eher selten. Hier jedenfalls. Ausweichen. Ausweichen und hinter dem Rücken der Breitgeher feixen. Jerry, die Maus, machte das immer hinter dem Rücken von Kater Tom, wenn sie den hereingelegt hatte.

Ralf schiebt immer die rechte, offene Hand höflich kurz vor sich her. Der entgegenkommende Passant merkt, aha, da will einer weitergehen. Ich lasse ihm mal ein Stück vom boardwalk. Das hat bisher immer geklappt.

SELBER ESSEN MACHT FETT

Eva ist eine gute Ehefrau. Sie sieht, wie ihr Gatte sich mit einem Tablett mit vielen Bierbechern auf den Weg zu den Liegestühlen schwertut. Mit verständnisvollem Blick nimmt sie zwei Becher von dem Tablett. Adam seufzt dankbar. So geht es nun leichter auf dem Weg zur Gruppe vorn am Strand. Natürlich hätte man auch den Boy an der Bar bitten können, die Bierchen zu bringen. Ein Euro Trinkgeld. Zehn Bierchen durch einen Euro macht zehn Cent pro Bier. Doppeldecker? Zwanzig Bier geteilt durch einen Euro. Da könnte mancher in Grübeln kommen. Kamala und Donald wollen die Trinkgelder drüben jetzt steuerfrei machen. Die Guten.

NOCH EINE RUNDE

Zu Hause hat Ralf oft Langeweile. Hier am blauen Meer nicht. Langeweile ist das Gegenteil von Abenteuer. Wenn er demnächst stirbt, dann kann er sich ein neues Leben aussuchen, sagen die Inder oder Yogis. Feuerwehrmann oder Astronaut oder Lokführer. Oder KI-Ingenieur.

Was fängst du an, wenn dein Selbst alle spannenden Charaktere in tausenden Wiederholungen durchgespielt hat? Kannst du dann aus dem Samsara Rad aussteigen, wegen der Langeweile?

Es geht, so hat er kürzlich gelesen. Nach dem Tod wandert die Seele nämlich durch einen großen Korridor. Dort befinden sich deine bisherigen Sequels und alle möglichen Wiedergeburten. Wenn du aber eine alte Seele bist und schon sehr viel erlebt hast und auch ausreichend erleuchtet bist, dann schaffts du vielleicht den Ausstieg. Am Ende des Korridors löst sich deine Seele auf in ein allumfassendes Selbst. Finish.

Ralf überlegt noch, ob er in den river of no return einsteigen will, oder ob er doch noch den KI-Ingenieur mitnimmt.

BLAUE KRÜMMEL

Ralf geht nicht gern unten am Strand spazieren. Erst einmal ist es an diesem Strandabschnitt ziemlich steinig. Und dann sind da überall diese blauen Krümmel zu sehen. Mikroplastik. Seit einigen Wochen sind die Verschlüsse an den Wasserflaschen aus Plastik im Supermarkt mit dem Deckel verbunden. Jetzt muss Ralf immer den Deckel mit einem Finger festhalten. Sonst verschüttet er das Wasser über diesen hochgestellten Deckel auf die Tischplatte. Wasserflaschenverschlüsse sollen einen erheblichen Anteil am Plastik im Meer haben. Anderen Berichten zufolge wurde gemutmaßt, dass das Problem mit dem Plastikmüll im Meer erst gelöst werden würde, wenn die Reichen an ihren Privatstränden zu viel davon hätten. Eigentlich müssten in der Karibik und anderswo jetzt auch blaue Brocken am Strand auftauchen.

Glasflaschen mit Korkenverschluss fallen ihm ein. Teuer und schwer, klar. Aber vor der Plastikwelle ging es auch anders. Und du könntest damals Wasserflaschen am Büdchen kaufen. Bollerwasser, zum Beispiel. Smile.

BONNIE BANKS

Beachvolleyball spielen bei 34 Grad ist ungesund. Wer sagt das? Der Ayurveda. Ayurveda ist die indische, yogische Gesundheitslehre. Demnach ist der Mensch gesund, wenn sein Organismus im Gleichgewicht ist. Ralf fühlt sich bei 18 Grad Außentemperatur am wohlsten. Pullover Wetter. 20 Grad sind auch schön. Maiwetter.

Jetzt nimmt er einmal an, dass dies bei vielen anderen Menschen genau so ist. Wo kann man dann ayurvedischen Beachvolleyball spielen? Schottland fällt ihm ein. Er stellt sich einen foggy morning am Loch Ness vor. Zwölf Grad Außentemperatur. Kundige Hotelmitarbeiter haben ein geeignetes Volleyballfeld hergerichtet. Das Spiel beginnt. Die Spieler erhöhen ihre Körpertemperatur im Verlauf des Spieles auf 18 Grad, oder auf 20 Grad, je nach Konstitutionstyp. Voilà.

Die Sache mit den mutmaßlichen Fehlern auf den Bildern vom Mars geht Ralf nicht aus dem Kopf. Könnte die Story auch einen ernsthaften Hintergrund haben? Manche erzählen eine Geschichte so.

Ein Flugzeug mit Wissenschaftlern landet auf einer Insel mit einem bisher unbekannten Volk. Die Forscher untersuchen die Sitten und Gebräuche der Einheimischen. Und sie lassen auch ein paar Goodies da. Kaum sind die abgeflogen, da beginnen die Einheimischen das Flugzeug mit ein paar Holzteilen nachzubauen. Sie setzten sich vor das Konstrukt und warten. Kommt der König vorbei und sagt: Hey Leute, geht wieder an die Arbeit. Da sagt einer aus der Gruppe: Du hast uns gar nichts zu befehlen. Die Götter vom Himmel sind mächtiger als du. Chaos bricht aus.

Jetzt kommt dieses Marsfoto mit dem verschmierten Fleck ins Spiel. Medienschaffende aus Kreisen (45) spekulieren also, einige Fotos wären teilweise absichtlich verwischt. Nehmen wir einmal an, nur angenommen, darauf wäre also eine Sonnenpyramide mit dem Konterfei des galaktischen Pantherkönigs zu sehen. Die Menschheit staunt, besonders im Internet. Welche Zivilisation kann auf dem Mars ein solch prächtiges Gebäude errichten, wo wir noch nicht einmal eine einfachste Moon Base mit Iglus aus dem KI-Drucker hinkriegen?

Der Präsident kriegt das Staunen und Raunen aus dem Volk mit. Er organisiert eine große Fernsehschalte. Hundert Leute stehen gut sichtbar und kamerawirksam hinter seinem Rednerpult. Alle sind ganz verzückt. Manche schwenken vorgefertigte Tafeln mit einem flotten Sprunch im 45-Grad Rhythmus hin und her. Gute Laune, ist klar. Dann spricht der Präsident. Er schaut mal nach rechts ins Auditorium, dann nach links. Der Präsident hat alle lieb und vergisst keinen. Seine Hände hält er parallel vorgestreckt vor seinem Oberleib. Die Hände wandern mit der Kopfbewegung nach rechts und links. Ich weise euch einen Weg, sagt die Geste, auf mich könnt ihr euch verlassen. Und dann spricht er kurz und knapp diese Worte: Is' gut jetzt, Leute. Geht wieder an die Arbeit. Open end.

So, jetzt muss Ralf wieder den Bogen von den Marsbildern und dem Cargo Kult zum Meer von Antalya kriegen.

LA MER

La mer. Charles Trenet? Ralf kennt kein einziges Lied von Charles Trenet. Ihm ist der Name eingefallen, weil er so französisch klingt. Dann war da noch Nathalie. Er muss kurz nachdenken. Gilbert Becaud. Ralf hat am heißen Strand Schwierigkeiten, sich an die Namen zu erinnern. Er wechselt vom Liegestuhl zu einem Tisch an der Strandbar. La. Mer. Gilber Becaud. Chanson. Dann war da noch Georges Brassens. Von dem fällt ihm auch nur ein Titel ein. Chansons sind aus seinem Kurzzeitgedächtnis verschwunden. Es müssten mal wieder die Franzosen rüberkommen, wie Anno 1980. Jacques Dutronc war damals sein Lieblingssänger. Et moi et moi et moi. Und Françoise Hardy. Tous les garçons et les filles de mon âge. Voller Herz, dieses Lied. Ob sie heute noch so allein durch diese Straße in Paris gehen könnte?

La mer. Musik. Schwingungen. La mer erzeugt ein Flair.

Ein schnittiges Motorboot zieht einen Gleitschirm über den Himmel. Ralf hat es aufgegeben, nach diesen hölzernen Booten aus den 50er Jahren Ausschau zu halten. Die findet er vielleicht noch am Gardasee. Aber dort gibt es kein All Inklusive. Und die Busfahrt ist ihm zu lang.

Warum tauchen Erinnerungen an Bilder der 50er Jahre gerade jetzt bei ihm auf? Youtube hat ihm kürzlich ein Lied von Caterina Valente angeboten, weil Ralf vorher unter Schlagern gestöbert hat. Baiao Bongo. Warum also die alten Sachen beim Blick aufs Meer?

Ralf steht eher für die Neuzeit. Der PC war für ihn der Durchbruch der neuen Technologien. Textprogramme. Nie mehr mit Papier übertippen. Dann das Internet. Wow. Wissen macht ihm Spaß. Früher musste er mit dem Fahrrad zur Stadtbibliothek fahren. Dort hat er auch sein erstes Yogabuch entdeckt. Jetzt, ein Klick, da ist die Information.

KI ist der nächste große Schritt. Prompte mir mal kurz einen Palmenstrand. Hier ist er, in vier Ausfertigungen. Jetzt noch ein weißes Segelschiff am Horizont. Inpainting. Bingo.

Die moderne Zeit hat also mehr zu bieten als die Schreibmaschine zu Zeiten von Caterina Valente. Trotzdem kommen bei ihm alte Gefühle und vergessene Gedanken hoch. Zulassen, sagt die Yogalehre. Hinhören, was sie sagen. Was sagt ihm das Holzboot mit dem Valente Song?

Schönheit. Ästhetik und Ausgeglichenheit fallen ihm ein. Bei Baiao Bongo schwingt die Melodie auf und ab. Bei der Hiphop Musik hinten am Pool kriegst du andauernd die gleichen Akkorde auf die Rübe. Was war da noch mit der alten Zeit? Aufbruch. Kaputt zu neu. Wirtschaftswunder. Alle haben etwas geschafft. In Bottrop oder sonst wo gibt es ein Bild von Kumpels, die auf dem Fahrrad zur Zeche fahren und dabei fröhlich dem Fotografen zuwinken.

Dann kam der Bruch, wohl schleichend. Jeder schaffte für sich allein. Das scheint Methode zu haben. Anscheinend haben viele oder alle Kulturen einen Höhepunkt überschritten, weil sie nicht mehr gemeinsam an einem Strang gezogen haben. Was jetzt? Abschwung als Anlauf für den neuen Aufschwung. Dann kommt das Holzboot aus der Caterina-Valente-Zeit eben aus dem 3D-Drucker, in Kirschholz Optik. So könnte es sein.

Ralf schaut hinaus. Das Boot mit dem Gleitschirm ist nicht mehr da.

STRAND SHOW

Warum trägt ein Mann ein auffällig breites Silberhalsband am Strand? Damit er auffällt. Nicht nur Ralf ist auf ihn aufmerksam geworden, auf diesen Mann, den man nie mehr vergisst. Vier männliche Strandbesucher gehen flugs zu einem kleinen Wäldchen neben dem Strand. Mit bloßen Händen brechen sie dickere Äste ab und befreien diese von Zweigen. Eine weitere Person hat ein Plastikseil am Souvenirstand gekauft. Bald ist ein tragbares Gestell gebaut. Das ganze Gebinde kann den aufmerksamen Kinogänger an die Krönungszeremonie aus Cleopatra mit Liz Taylor erinnern. Die vier Furchtlosen nähern sich dem Liegestuhl des Silberkettenträgers. Gewandt besteigt dieser seine Sänfte. Er setzt sich eine Fake Designer Sonnenbrille mit extra breitem Seitenteil auf. Im Gleichschritt tragen die Vier den Thronsitz den Strandweg hinunter bis ans Meer. Alles staunt, teils ungläubig. Zurück geht es den Weg zu Dero Liegestuhl. Show beendet. Die Silberkette hat sich gelohnt.

Ralf bestellt ein großes Glas Eiswasser zur Kühlung. 34 Grad sind eine ganze Menge.

SEELE

Um 11 Uhr ist Spatzenzeit am Strand. Die Spatzen sind für Ralf die liebsten Tiere. Sie hüpfen so lustig auf ihren Beinen. Wie die Kinder, wenn sie vier oder fünf Jahre alt sind. Die hüpfen auch ständig. Lebenslust.

Ralf fühlt ein seltenes Glücksgefühl.

Bei den Spatzen ist das Hüpfen eine biologische Notwendigkeit. Die Bewegungen, wie auch beim Menschen, sollen vom Kleinhirn gesteuert werden, so sagt das Netz. Das Netz weiß alles.

Mit dem Hüpfen der Kinder verbindet Ralf spontan die Seele. Einige Autoren verbinden die Zirbeldrüse mit dem Sitz der Seele. Das dritte Auge der Ägypter und so weiter. Ralf glaubt wohl, dass eine zentrale Drüse im Gehirn für das Zusammenspiel aller andere Drüsen zuständig ist. Die Seele ist für ihn eher formlos. Er versucht sich manchmal vorzustellen, dass die Seele den Menschen wie ein unsichtbares Feld umgibt. Und durchdringt, fügt er schnell hinzu. 3D Seele. Er schmunzelt.

Das Strandleben belebt ungemein. Bei der Begriffsbestimmung der Seele hilft ihm wieder seine indische Lehre. Shiva heißt das Wort, da ist er sich ziemlich sicher. Shiva heißt das

Nichtsein. Nee, Shiva war die Schöpfung. Die Seele heißt anders. Jedenfalls hüpft sie, wenn wir klein sind und viel Freude haben.

Ralf lehnt sich in seinem Liegestuhl zurück. Die Sache mit Shiva ist ihm schon peinlich. Atman war die Seele, jetzt hat er es wieder. Und wie kommt Atman, die Seele des Individuums, aus Shivas Schöpfung heraus und wieder hinein? Ralf will in Zukunft sorgfältiger lesen und die Dinge auch behalten. Das ist ja Käse, wenn einer Yogatexte liest und dann am Strand Zwei und Zwei nicht zusammenbringen kann.

Vielleicht ist Shiva auch der Gott des Nichtwissens. Wenn einer klug und weise ist, dann will er nichts mehr dazulernen. Wenn einer das Wissen sucht, dann kann er dazulernen. Ralf ist mit dieser Idee im Moment zufrieden.

Was sagt die christliche Lehre zur Seele? Ralf ist katholisch getauft, weil seine Eltern katholisch waren. Der Unterschied zwischen den Katholischen und den Evangelischen liegt darin, dass die einen an die unbefleckte Empfängnis der Maria glauben und die anderen nicht. Oh boy, du glaubst es nicht. Ralf auch nicht.

MANTRA PILOTEN

Blauer Himmel. Kein Vimana zu sehen. Das Nichtstun am Strand fördert abenteuerliche Gedankenverbindungen beim Urlauber Ralf zutage. Vimanas waren sagenhafte Fluggeräte der Inder. Sie sahen in der Mehrzahl aus wie Stufenpyramiden. Geflogen wurden sie mit Gedankenkraft, mithilfe von Mantras.

Eines Tages gab es einen großen Krieg, und die Waffen der Vimanas zerstörten weite Landstriche der jeweiligen Gegenpartei. Am Indus sollen Archäologen kleine Kügelchen gefunden haben, deren Inhaltsstoffe nur unter sehr großen Temperaturen schmelzen können. Unter dem Einfluss einer Atombombe, zum Beispiel.

Die Sache hat einen Haken, findet Ralf. Die Sieger zeigen heute nicht ihre überlegene Technik am Himmel. Normalerweise muss doch so ein Vimana hin und wieder am Strand von Antalya vorbeifliegen und den mediokren Humanoiden zeigen: Hey Menschen, hier fliegt ein Vimana. We are the champions. Vielleicht haben sie es nicht nötig.

Ein kritischer Beobachter könnte nun schließen, dass das Mahabharata ein Märchenbuch ist. Die menschliche Entwicklung hat wohl eher stattgefunden wie gehabt. Vom Faustkeil zum viel zu engen Ferienflieger. Nächste Woche geht es wieder heim.

VERFLIXTE MATRIX

Ralf hat sich inzwischen daran gewöhnt. Wenn er lange genug auf das Meer schaut, dann kommen überraschende Gedankenverbindungen auf. Jetzt ist Roy Black an der Reihe.

Diesen Namen könnte der Sänger oder sein Manager wohl eher nicht mehr wählen. Der Name ist unwoke. Gibt es das Wort? Egal. Jedenfalls würde man ihn heute eher Roy White oder Roy Kartoffel nennen.

Zurück zu Roy Black. Du bist nicht allein war wohl sein größter Erfolg. Im Text treffen sich zwei Verliebte in ihren Träumen, also nicht wirklich. Hat der Schlagertexter damals, eher ungewollt, den Begriff der Matrix vorweggenommen? Wenn ja, dann schlummert ein solches Wissen in den Genen der Menschen und wartet nur darauf, dass ein Individuum dieses Wissen ausdrückt.

Ralf überlegt, ob er den Gedankengang weiterführen soll. Er hat mit der Matrix nämlich nichts am Hut. Den ersten Film der Reihe hat er abgeschaltet, weil er ihn nicht verstanden hat. Und mit dem Rest an Geschwurbel im Internet wollte er sich nicht beschäftigen.

Er schaut zum Sonnenschirm vor seiner Liege. Hinter den sichtbaren Verstrebungen tanzen Atome. Diese sieht Ralf nicht, weil seine Sehorgane nicht auf die entsprechenden Frequenzen geeicht sind. Matrix scheint zu bedeuten, dass alle diese elektromagnetischen Felder der Atome die Welt miteinander verbinden. Das kennt er wieder vom Yoga. Yogawissen liegt ihm mehr als das Geschwurbel.

Sind diese Felder nun lose verbunden oder verschränkt? Verschränkt sind sie wohl erst, wenn ein Beobachter sie ansieht. Das Doppelspalt-Experiment. Ein Kraftfeld ruht geduldig in seiner Mitte, bis der Forscher neugierig hinschaut. Zurück zu den Träumern aus Du bist nicht allein. Können sich zwei Verliebte in ihren Träumen quantenfeldmäßig verschränken? Nehmen wir einmal an ja, denkt Ralf. Dann müsste Eva spüren, dass Adam gerade an sie denkt. Eva empfindet Freude. Verschränken macht Freude. Ich denk an dich bei Tag und Nacht. Wie schön.

Ralf ist von der Liege aufgestanden und zum Poolbereich gegangen. Die Hotelanlage ist recht weitläufig. Das gibt ihm Gelegenheit, um für ein paar Minuten Abstand zu nehmen. Die Sache mit der Matrix hat ihn schon geärgert, also dass er nicht wusste, worum es geht. Ist das schon die Angst vor dem Doofwerden oder die Freude am Wissen? Das zweite.

Die Matrix ist eine Computersimulation. Diese Simulation erschafft also die Welt. Ralf kann sich das nicht vorstellen. Er nimmt wieder seine vedische indische Kosmologie zur Hilfe. Am Anfang war das Nichtsein. Es füllte die ganze Welt aus. Dann zog es sich auf einen Punkt zurück. Warum? Es ist ein Spiel. Schließlich kommt die Zeit vorbei und gibt dem Punkt einen Stubs. Es entsteht ein Rhomboid. Das ist ein geometrisches Muster aus Kraftlinien mit bestimmten mathematischen Fähigkeiten. Das Weltenei.

Bei den Rhomboiden hat Ralf wohl gerade in der Schule gefehlt. Vor einiger Zeit hat er einen kurzen Blick ins Internet geworfen. In einer langestreckten ovalen Form sollen Kreise in einer Art und Weise enthalten sein, dass diese neuen Kreise entstehen lassen. Die Blume des Lebens? Ralf weiß es nicht, und es fällt ihm im Moment auch nicht ein. Er muss jetzt zum Ende kommen. Diese Kraftlinien formen also die Welt. Wo sie sich überlagern, werden sie für das menschliche Auge sichtbar. Der Matrix Computer müsste ein solches Prinzip simulieren. Wo steht er? Wer betreibt ihn? Welche Software wird verwendet? Wie funktioniert die Kühlung? Egal, denn die Schöpfung braucht einen solchen Computer nicht. Das kann sie alles ganz allein machen. Distributionspolitik geht immer auf die Marge.

So, jetzt ist es genug mit dem Thema. Du bist nicht allein von Roy Black ist kein Matrix Song. Und Ralf ist auch nicht doof. Puh.

A WONDERFUL LIFE

Ralf sitzt oben auf der Terrasse der Strandbar und überlegt, was er als Nächstes anstellt. Erst einmal nichts.

Liegestühle, Sonnenschirme, Leute gehen vorbei. Aber sie drehen sich nicht nach ihm um wie in dem Lied von Michael Holm. Ralf sitzt unauffällig da. Das Meer scheint ihm auch keinen Impuls zu geben. Es ist einfach ein toller Tag. No big boss hurting him.

Diese Textpassage aus dem Elvis Song What a wonderful life fällt ihm ein. Elvis sitzt auf der Ladefläche eines LKW und lässt die Beine baumeln.

No big boss is hurting Ralf. Hat nicht jeder die Aufgabe und die verdammte Pflicht, hier im Leben eine gott-gewollte Aufgabe zu erfüllen? Das dachte Ralf früher auch. Im Lauf der Zeit hat er dann eine andere Sichtweise erfahren.

Die Yogalehre meint, wir sollten einfach das Leben genießen. Wo kommt die Kohle her? Suche dir einen Beruf, der dir liegt und der genug abwirft. Ansonsten be happy.

Ralf guckt sich um. Ein toller Tag. Er ist mit seinen 76 Jahren ohnehin ein Stück weit von dieser virtuellen Erfüllungspflicht ausgenommen. Es gibt vielleicht, mutmaßlich, keinen Gott, der Aufgaben verteilt. Klar, acht Milliarden Menschen täglich in ein goldenes Buch einzutragen, Sekunde für Sekunde, das ist viel

Holz. Auch für einen Gott. Von anderen Geschöpfen Gottes, wie den Ameisen, ganz zu schweigen. Der Andromeda Nebel, die Supernovae und dieser längliche Komet mit dem hawaiianischen Namen, alle haben eine Aufgabe, die boss-mäßig überwacht werden muss. Keine Aufgabe zu haben ist demnach bei weitester Auslegung als Lebensprinzip denkbar.

NICHTS AM HUT

Ralf bemerkt, dass einige Frauen am Strand Hüte tragen. Er vermutet, dass sie aus osteuropäischen Ländern kommen. Im Westen ist der Damenhut mausetot. Spätestens seit der toupierten Frisur in den 60-er Jahren ist das ein No-Go.

Stell dir mal vor, sagt er zu sich, Manuela mit ihrer Außenrolle singt den Bossa-Nova und setzt einen Hut aus. Dann war die Frisur für die Katz. Und bei Astrud Gilberto sieht man das Schleifchen nicht mehr.

Einheimische Frauen tragen oft ein Kopftuch. Ralf denkt an den Elvis-Film Blaues Hawaii aus dem Jahr 1962. Elvis fuhr mit diesem traumhaften Straßenkreuzer drei oder vier Mädchen spazieren. Und diese trugen, man staune, Kopftücher. It-Girls Anno 1962 mit Kopftüchern.

Seine Oma trug auch noch Kopftücher. Sie kam später, lange nach dem Krieg, in das Haus seiner Eltern. Sie hatte k.u.k- Wurzeln. Vielleicht hat Ralf auch noch ein paar Gene von Dschingis Kahn. Rauft Brüder, sauft Brüder. Ralf leert das Wasserglas in einem Zug.

Eva ist den ersten Tag am Strand. Im Hotel wird sie bedient. Wer wird noch bedient? Könige. Wie gehen die Könige? Sie schreiten. Eva bemüht sich, betont langsam den Steg zum Strand entlangzugehen. Da hinten steht ihr Liegestuhl. Eva möchte gern schneller gehen. Doch sie beherrscht sich.

Könige gehen immer aufrecht. Eva drückt das Kreuz durch und hebt den Kopf hoch. Das ist anstrengend. Normalerweise geht der Mensch mit leicht vorgebeugtem Kopf und bewegter Wirbelsäule. Federnd.

Die Lippen. Eva hat sich die Lippen aufspritzen lassen. Nicht so doll, eher leicht, wie ein Kirschmund. Könige haben immer dünne Lippen. Aber wegen der 14 Tage lässt sie sich jetzt nicht die Lippenspritze wegmachen.

Die Frisur ist hin. Erst der Flug. Dann der unruhige Schlaf bei dieser Hitze. Der Friseur vorn im Hotel nimmt 80 Euro. Das ist eine Menge Geld aus der Urlaubskasse. Mutti hat mal gesagt, früher hat sie 15 oder 10 Mark beim Friseur bezahlt. Sei hat bestimmt untertrieben, um sich wichtig zu machen. Wir waren so fleißig, und ihr könnt den Wohlstand nicht erhalten und so. 80 Euro waren damals rund 160 Emmchen. So teuer war das damals bestimmt nicht.

Eva ist an ihrem Liegestuhl angekommen. Der Strandwärter hat überall schon die Rückenlehnen hochgestellt. Darüber liegt die Matratze, etwa in der Mitte geknickt. Eva schiebt die Matratze über den Sitz und klemmt die Schlaufe ordentlich hinter die Rückenlehne. Dann breitet sie das hoteleigene Strandtuch über die Rückenlehne. Zu kurz. Eva geht um den Liegestuhl herum und zieht das Tuch vollkommen über den Sitz. Sie legt sich hin. Jetzt klebt ihr Rücken an der Matratze. Mist auch. Soll sie jetzt wieder aufstehen und das Tuch über die Rückenlehen ziehen?

Eva überlegt, ob sie ein Paar von diesen Handtuchklammern kaufen soll. Die hat sie vorn im Souvenirladen gesehen. Die Teile dürften nicht mehr als drei oder vier Euro kosten. Dann brauchte sie noch ein zweites Strandtuch für den freien Platz unter den Waden und unter den Füßen. Sie rechnet mit ungefähr acht Euro zusätzlich. Es gib da diese schönen Motive mit Antalya bei Sonnenuntergang. Das ist aber nicht königlich. Könige verwenden Lilienmuster oder so ähnlich. Hat der Souvenirladen Lilienmuster? Eher nicht. Adam hat ihr einmal gesagt, dass die Lilienform auf den Wappen gar keine Lilien darstellt. Es handelt sich um den rechten und linken Halbkreis der Blume des Lebens. Geheimlehren, die den Königen ewige Macht garantieren. Adam liest so einen esoterischen Quatsch. Eva denkt an das Antalya Motiv mit der untergehenden Sonne.

Da kommt Adam.

WUWEI AN DER STRANDBAR

Ralf geht zur Strandbar, die etwas oberhalb liegt. Dort ist es kühler. Ein Strandwärter tauscht Sonnenschirme aus. Die Dinger sind schwer. Follow your dream. Jetzt fällt Ralf wieder die Szene mit WuWei ein. Das Auto springt im Winter nicht an. Warten auf den rechten Augenblick. Da kommt ein freundlicher Nachbar mit seinem Auto und einem Ladegerät. WuWei.

Was, wenn nicht? Ralf geht ins Haus und ruft den Autohändler an. Der macht ihm einen guten Preis und schleppt die

Kiste auch gleich ab. Ralf nimmt dann einen Teil des Geldes und spielt Lotto. Bingo. Big luck. Irgendeine schöne Summe. Ralf ruft nach dem Gewinn die Autovermietung an und bestellt einen Mittelklassewagen mit Fahrer für eine Tagesfahrt nach Scharbeutz. Scharbeutz ist schneefrei, und der Urlaubstag tut mal richtig gut. So geht WuWei.

SPATZEN JAGEN

In der Strandbar jagt ein Dötz in gelber Hose hinter einem Spatzen her. Kinder sind nur süß, solange sie klein sind, soll einmal einer gesagt haben. Ab wann sind Kinder nicht mehr klein?

In Asien werden manche Kinder im Alter von acht Jahren für eine bestimmte Zeit ins Kloster geschickt, zur Erziehung. Ralf hat einmal ein Video gesehen, in dem junge Leute in einem Shaolin Kloster ausgebildet werden. Bei uns gibt es so etwas nicht. Welche Lerninhalte würden wir lehren? Werte?

Ralf liest oft über den Begriff Sadhana. Das ist der Weg des Yoga. Die Yogalehre schreibt nicht vor. Sie gibt Empfehlungen für das tägliche Leben. Dieser Unterschied zwischen gewollter Einflussnahme und freier Entscheidung macht den Yoga für Ralf so attraktiv. Seitdem er Rentner ist, lässt er immer mehr von diesen Empfehlungen in sein Leben einfließen, also seit ungefähr zehn Jahren. Hat es ihm etwas gebracht, dieses Yogaleben? Jedenfalls fühlt er sich nicht ganz unglücklich. Was wäre aus ihm geworden, wenn er im Alter von acht Jahren eine

Yoga-Ausbildung in einem Kloster erhalten hätte? Was wäre aus 80 Millionen Deutschen geworden, wenn sie eine derartige Ausbildung erhalten hätten?

Ralf schaut sich um. Der Kleine mit der gelben Hose ist weg.

MIT DER KIRCHE AUF SIE

Sadhana und die Empfehlungen zum freien Gebrauch. Das gefällt dem Ralf besser als alle Vorschriften in der Welt. Die katholische Kirche ist für ihn auch so eine Dogmenschleuder. Glaube dies und das, sonst wirst du in einen Sack eingenäht und im Vater Rhein versenkt. Dann brauchst du auch nie mehr aufzustehen.

Trotzdem geht Ralf hin und wieder in eine Kirche. In der Michaelkirche in Recklinghausen und in der Reinoldikirche in Dortmund hat er sich sehr wohl gefühlt. Alles Physik. Schwingungen. Frequenzen.

Irgendetwas fehlt noch, damit die Geschichte mit den süßen Kindern, dem Shaolin Kloster und der Reinoldikirche rund ist. Ralf lehnt sich ein Stück in seinem Stuhl zurück und schaut aufs Meer.

Ein Motorboot dreht seine Runden. Weiße Wellen auf blauem Wasser sehen toll aus.

Sehen.

Wenn Ralf in der Kirche sitzt, dann schließt er nach einigen Minuten die Augen. Mit den Augen soll der Mensch den größten Teil seiner Sinneswahrnehmungen aufnehmen. Augen zu, und das Gehirn hat Pause. Das Gehirn soll im Regelbetrieb einen sehr großen Teil der Körperenergie verbtauchen. Irgendein Wert. Wenn da oben nichts mehr los ist, dann kann der Organismus auch gleich in den Sparmodus schalten. Jetzt übernimmt das zweite Gehirn die Denkarbeit. Der Magen oder der Darm, wer auch immer. Und dieses Organ ist wohl uralt. Es soll der Sage nach wesentlich älter sein als das Gehirn oben im Kopf. Das macht für Ralf auch Sinn. Die Urzelle musste nämlich zuerst einmal ordentlich Plankton einfahren, bevor sie Schillers Glocke auswendig lernte.

Also, Ralf sitzt in der Kirche und schließt die Augen. Das Gehirn macht Pause, der Magen oder der Darm aktiviert uralte Verbindungen. Intuition, der sechste Sinn. Ralf wacht auf und trifft danach genau die richtigen Entscheidungen in seinem Alltag, q.e.d

In den Shaolin Klöstern trainieren die jungen Leute das ab dem achten Lebensjahr. Die könnten vieles richtig gemacht haben. Ralf hat er im Yoga gelernt, spät, aber immerhin.

POMMES

Pommes sind lecker. Solange du nicht im Gesundheitsmagazin im Internet nachliest.

Pommes an der Strandbar sind auch lecker. Pommes werden aus Kartoffeln gemacht. Früher im Ruhrgebiet mussten die Bergleute hart arbeiten. Beim Abendessen mit Kartoffelsuppe haben sie sich dann auf einem Ellbogen aufgestützt. Der ist vor lauter Müdigkeit mit dem Löffel in die Suppe gefallen, hat man damals gesagt. Die Technik des Armaufstützens hat sich bis heute erhalten,

Adam hat in der Strandbar Pommes bestellt. Er beherrscht diese Technik auch. Er gabelt mit aufgestütztem Ellbogen die Pommes zum Mund.

Pommes lassen sich grob in drei Größenkategorien einteilen. Kurz. Mittel. Groß. Kleine Pommes Stangen lassen sich ohne große Mühe mit der Gabel in der Mundöffnung platzieren. Bei mittleren ist etwas mehr Technik nötig. Große Pommes Stangen kann man mit drei Kernmethoden bearbeiten. Entweder du schiebst sie diagonal in den Mund. Dann wölben sich die Backen auf der gegenüber liegender Seite aus. Einmal happ gemacht, und die Sache passt. Bei Methode zwei führst du die Stange parallel zur Mundöffnung zu. Jetzt kannst du entweder die Mitte mit der Gabel kurz nachdrücken. Oder du ziehst das Ding mit der Zunge kurz einwärts. Für Pommes mit Ketchup drauf gibt es ein Hilfsmittel. Die Serviette. Wenn du also einen größeren Haufen an Pommes Stangen gleichzeitig einfahren willst, dann bleiben mitunter Ketchup Reste am Mund kleben. Mit der Serviette abwischen, kein Problem. In den Filmen aus der High Society klappt der Gentleman oder die Lady die benutzte Serviette immer nach innen. Das muss nicht sein. Wenn du die Seite mit den Ketchup Resten obenauf auf den Tisch legst, dann bekommen die Tischnachbarn auch Appetit. Pfadfindermentalität.

In Amsterdam am SPUI kannst du ganz lange Pommes mit Joppie-Sauce bestellen. Klasse.

AUFZUG EXIT STRATEGIE

Ralf fährt mit dem Aufzug hinunter in die Hotelhalle. Als die Tür sich öffnet, steht da ein Riese von gut zwei Metern und beansprucht circa zwei Drittel der Ausgangstür für sich. In alten Filmen haben die Darsteller immer ein Hemd oder eine Strandtuch übergezogen, wenn sie vom Pool ins Gebäude gegangen sind. Alte Filme sind alt. Heutzutage ist ein bloßer Oberkörper in der Hotelhalle Mega in.

Ralf schätzt den Mann von Beruf her als Zimmermann ein. Dieser hat nämlich ungewöhnlich stark ausgeprägte Muskelringe auf den Schultern. Solche Muskeln bilden sich wohl, wenn Zimmerleute regelmäßig die Dachbalken hochheben, meint Ralf jedenfalls. Der Riese lädt Ralf mit einer knappen Handbewegung zum Verlassen der Fahrstuhlkabine ein.

Normalerweise bewegt Ralf den angewinkelten Unterarm kurz hin und her, wenn er eine Einladung mit einer Geste unterstreicht. Herr Riese tut das nicht. Bei fixiertem Ober- und Unterarm bewegt er nur die vier Finger der Handfläche. Der

Daumen verharrt ebenfalls unbewegt. Also eine Art von Fingerwedeln. Super cool. Ralf kann sich vorstellen, dass er beim Doorman einer super klasse Disco so Einlass finden würde. Kurz, knapp, kann passieren.

Ralf tritt mit einer sechzig Grad Drehung seines Oberkörpers aus dem Lift. Er überlegt kurz, ob er die Einladung mit dem Karnevalsgruß erwidern sollte. Also Hand an die linke Seite des virtuellen Mützenrandes. Er unterlässt die nette Geste. Neunzig Prozent unseres Verhaltens sollen über das Unterbewusstsein gesteuert werden.

DARTS IM ALLGÄU

Pfeilchenwerfen heißt jetzt Darts. Das Wichtigste: cool aussehen. Sonnenbrille ist Pflicht. Sonst blendet dich die Zielscheibe. Beim Wurf bitte nicht so viel Schwung nehmen. Damit outest du dich als Amateur. Also locker aus dem Handgelenk werfen. Das rote Halbkreis Segment zählt am meisten. Sechzig Punkte. Drei Mal sechzig Punkte setzen einen Hupton und eine blinkende Neonanzeige in action. Allerdings nur bei den TV-Übertragungen. Hier bei der Animation an der Beach Bar klatschen immerhin die Zuschauer.

Anima ist die Seele auf Lateinisch. Animation bedeutet also die Seele berühren oder anschubsen. Du liegst also nahezu bewegungslos in der gleißenden Sonne auf deinem Liegestuhl. Kommt der Animateur vorbei und sagt: Ich berühre deine Seele. Gemacht. Ab zum Darts.

Der Kreis im Mittelpunkt der Zielscheibe heißt bulls eye. auf
Amerikanisch. Kuhauge. Ralf stellt sich vor, da geht einer im
Allgäu wandern. Er kommt an einer Wiese vorbei. Eine Kuh
guckt ihn an. Also nein, wer kommt auf solche schreckliche
Bildvergleiche? Irgendwie passt Ralf in bestimmten Ansichten
nicht in diese Welt. Oder so.

ANY DAY NOW

Die beiden haben sich verkracht. Elvis ist ausgezogen. Aber
er wird wiederkommen, coming home, irgendwann, irgendwie, irgendwas. Wieso fällt Ralf dieses Lied ausgerechnet jetzt
ein? Was hat Unbestimmtheit mit Strandleben und blauem
Meer zu tun? Ralf kommt nicht darauf.

Denkpause. Die weißen Wolken sehen wirklich sagenhaft
aus. Das sind die fluffy clouds, aus seinem Lieblings-Prompt
im KI-Bildgenerator. Wolkenbildung soll komplex und schwierig zu berechnen sein. Ob die KI das heute schon besser kann
als vorher? Bestimmt. Stable diffusion. Was hat das mit dem
Elvis-Song zu tun? Keine Ahnung.

Ein Blick auf das Meer hat in den letzten Tagen oft geholfen.
Wellen bestehen aus Wassertropfen. Welle und Teilchen. Das
hat die Physik aber anders gemeint. Maya sagt die Yogalehre
dazu. Illusion. Täuschung. Wenn du denkst, dann denkst du
nur du denkst, dass du Wasser siehst. Es ist aber alles Teilchen-
Wellen Salat. Nur können deine Äuglein diese

Quantenfluktuation nicht sehen. Philosophie über Physik und die Welt ist Käse, wenn sie nicht zu einem greifbaren Nutzen führt. Was ist der Wert dieser gedanklichen Bocksprünge? Und wo bleibt Elvis?

In zwei Tagen fährt Ralf ab.

Die Zeit. Que sera sera. Jetzt hat er den Bezug. Any day now que sera sera. In den letzten Tagen hat er in den Tag hineingelebt. Kommste heute nicht, kommste morgen. Nach seiner Rückkehr muss er bis Anfang September seine Steuererklärung abgeben. Das ist ein fester Termin. Von wegen any day now. Aber danach hat er wieder frei. So, jetzt ist die Sache rund.

PLASTIKSANDALEN BLUES

Einige Strandbesucher gehen barfuß am Strand. You don't need stockings and shoes to dance the blues. Eddie Cochran. Klasse, klasse.

Einige gehen barfuß auch in den Toilettenbereich. Das ist vielleicht zu kurz gedacht.

Die meisten Urlauber tragen Strandschuhe, hier wir dort. Strandschuhe aus Leder sind selten zu sehen. Plastik dominiert hier den Strandschuhsektor.

Plastik könnte über den Fußschweiß in den menschlichen Organismus gelangen, sagt das Netz. Kürzlich hat Ralf gelesen, dass zum ersten Mal Plastik in der menschlichen DNA nachgewiesen wurde. Eines Tages wird eine lebensgroße Plastikente geboren. Blöder Witz. Ralf versucht, ihn wieder in sein

Oberstübchen zurückzunehmen. Das geht aber nicht. Achte auf deine Gedanken und so weiter.

Er versucht, sich einen Plastikklumpen in der menschlichen DNA vorzustellen. Die Zellen werden aus Strickleitern gebildet, und diese bestehen aus vier grundsätzlichen Säuren. AGCT, oder in einer anderen Reihenfolge. Biologie war früher eines seiner Lieblingsfächer. Hoffentlich stimmt das auch, was er sich gerade zusammengedichtet hat. An einer Ecke einer Leitersprosse taucht plötzlich ein Plastikmolekül auf. Woraus besteht Plastik? Wahrscheinlich haben wir irgendwelche Eiweißketten zusammengekocht, und es ist eine klebrige Masse dabei herausgekommen.

So, jetzt blockiert das Plastikmolekül den Verkehr zwischen den natürlichen Bauteilen der Zelle. Irgendetwas fluppt nicht mehr mit der Zelle. Das Auge flattert oder der Fuß ist verdreht. Immer mehr Plastiksandalenträger sammeln immer mehr Plastikmoleküle in ihren Strickleitern an. Und die Leute geben ihre fehlerhaften Informationen über ihre Gene an die kommenden Generationen weiter. Ralf will keine Szenarien entwerfen. Er hat sich im Bazar auch ein Paar fake Designer Plastikschuhe gekauft. Chic, bequem, billig, aber eben ACTG-inkompatibel. Mal gucken, was Ledersandalen kosten.

DER HANDY MAN

Im Gang zwischen den Liegen bleibt ein Mann abrupt stehen und spricht lautstark in sein Handy. Das kann Ärger geben.

Wenn einer in gehobener Position bei der Börse arbeitet, dann darf er Vertraulichkeiten nicht öffentlich kundtun.

AIRPORT STREET FASHION

Ein Raunen geht durch die Menge. Eva geht den Mittelgang zwischen den Gates entlang. Dutzendfach macht es klick-klick-klick auf den Smartphones. Hier und da zuckt ein Blitzlicht auf. Eva trägt nämlich das top-notch T-Shirt mit dem bekannten Designer Label. Was denken die anderen? Das ist eine ganz berühmte Frau. Schnell mal fotografieren und ins Bilderportal stellen. Ich war auch dort, wo die Celebrities herumlaufen. Eva wacht auf. Sie ist in ihrem Stuhl eingeschlafen. Kein Mensch fotografiert sie. Fake label Mode zieht nicht mehr ganz so doll. Sie könnte mit einem KI-Bildgenerator ein eigenes Design entwerfen und im T-Shirt Printshop online bestellen.

SOZIALVERHALTEN

Ralf ist früh am Flughafen. An seinem Schalter stehen nur zwei Personen vor ihm. Klasse. Plötzlich winkt ein Mann vor ihm nach hinten. Von dort kommen jetzt etwa zehn weitere Personen zum Schalter. Sie gehören offenbar zusammen. Normalerweise hätten die zehn Newcomer sich hinter Ralf anstellen müssen. Tun sie aber nicht.

Oder sie hätten Ralf fragen können, ob er sie vorlässt für ein gemeinsames Einchecken. Es dauert nur fünf Minuten, wir haben alle Papiere bereit und so weiter. Gerne, bitte, danke, lächeln, Eierkuchen.

Soll Ralf sich beschweren? Was passiert dann? Fahren Sie aus der Haut? Oder lassen Sie Ralf den Vortritt. Oh, Entschuldigung, natürlich sind Sie zuerst dran. Oh nein, bitte, bleiben Sie zusammen. Bitte, danke, smile, cheese, hin und her. Irgendwie einigt man sich. Ralf lässt sich überfahren, aber er ist missgestimmt, diplomatisch ausgedrückt. Wahrscheinlich kommt der brave Ralf in den Himmel.

Jetzt winkt die Angestellte vom Counter nebenan ihn zu sich. Dort ist jetzt frei und sie hat wohl alles mitgekriegt. Ralf hat früher einmal an einem Verkäuferkurs teilgenommen Wie gehe ich mit schwierigen Kunden um. Standpunkt vertreten, Freundlichkeit, Interessenausgleich und so weiter. Den Kurs sollte man in der Grundschule als Pflichtfach anbieten. Dann klappt es auch besser mit dem Sozialverhalten.

DIGITALES BRENNEISEN

Wird Ralf das Meer vermissen? Ja, Deutschland ist auch schön. Du musst ja nicht überall hingehen. Vor seinem Hotel in Antalya gibt es ein Wärterhäuschen. Das ist immer besetzt. Hinten am Ausgang zum Strand sitzt auch stets ein Wachtmann auf seinem Stuhl im Schatten. Dann ist da noch der kleine Ausgang rechts zur Ladenstraße. Wachtmann. Du musst nur dein Armband vom Hotel vorzeigen. Leider rutscht das manchmal ein bisschen. Also hinter der Uhr einklemmen, fertig.

Elon will jetzt diesen Gehirn-Chip herausbringen. Ein Handgelenk-Chip wäre einfacher zu vermarkten. Kurz anklicken, fertig. Und nix rutscht.

So, der Urlaub ist zu Ende. Ein letzter Check und ab geht's.